LA ROSIERE

DE SALENCI,

PASTORALE.

LA ROSIERE DE SALENCI,

PASTORALE

EN TROIS ACTES,

MÊLÉE D'ARIETTES;

Repréſentée, pour la première fois, par les Comédiens Italiens ordinaires du Roi, le Lundi 28 Février 1774:

Précédée de Réflexions ſur cette Piéce, mêlées de quelques Obſervations générales ſur les Spectacles.

PRIX, 36 ſols.

A PARIS,

Chez DELALAIN, Libraire, rue de la Comédie Françoiſe.

M. DCC. LXXIV.

Avec Approbation & Permiſſion.

RÉFLEXIONS

SUR

LA ROSIERE,

Mêlées de quelques observations générales sur les Spectacles.

LA présence inattendue de Madame LA DAUPHINE, avoit favorablement disposé le Public à la première représentation de la Rosiere à Paris ; on est indulgent quand on est heureux. Quelques mois auparavant cette Piéce avoit été donnée à Fontainebleau , & n'avoit pas eu pour elle , à beaucoup près , le plus grand nombre des suffrages. Il y a plusieurs exemples , au Théâtre , de cette apparente contradiction entre les jugemens de la Cour & ceux de la Ville. J'en donnerai plus d'une raison plausible , avant de me prévaloir de celle que l'esprit malin de la Capitale se plaît à accréditer. Je ne l'allégue point , parce qu'elle me paroît fausse.

a iv

Sans vouloir rien dénigrer (fur-tout aucune claffe de Citoyens), on peut dire que la feule qui foit exclue des Spectacles de Fontaine-bleau, & admife à ceux de Paris, n'eft pas celle à laquelle appartient de juger le plus fainement d'un Ouvrage de goût. L'on peut également (& fans adulation) fuppofer un tact, même perfectionné, à l'autre ordre de Spectateurs qui acheve de fixer les différences des deux Théâtres : fi donc, parmi les Pièces données à la Cour, quelques-unes ont fubi des arrêts dont le Public a ofé rappeller, c'eft moins au choix des Spectateurs qu'à mille autres circonftances faciles à appercevoir, que l'erreur doit être attribuée.

Une de ces circonftances les plus mar-quées, eft fans doute l'ufage qui profcrit les applaudiffemens toutes les fois que SA MAJESTÉ honore le Spectacle de fa préfence. Il ne nous appartient pas de décider fi ce filentieux hommage du refpect compenfe bien celui qu'il interdit à l'amour ; s'il peut être, pour un Monarque, beaucoup de tableaux plus doux que tout mouvement paſſionné des cœurs qui lui appartiennent ; & ſi des ris & des larmes libres ne développeroient pas tou-jours, avec un nouvel avantage, aux yeux du Roi, le caractère du peuple charmant & ſenſible dont il eſt maître ? Ce que je ſais, c'eſt que l'étiquette a fixé cet uſage ; c'eſt qu'il eſt glaçant pour l'Acteur ; c'eſt que l'Acteur ne ſe glace point ſans réfroidir celui qui l'é-coute, & que de froideur en froideur, & de contrainte en contrainte la toile ſe lève & s'abaiſſe ainſi, ſans que l'ame engourdie à ce Théâtre ſe permette l'élan, qui ſeul lui donne le droit de juger, parce que ſeul il lui per-met de ſentir.

De ces entraves morales, réſulte, durant tout le Spectacle, une attention apathique & morne, qui réduit chaque individu à la triſte analyſe de ſa ſenſation iſolée. Plus de communication d'un être à l'autre ; plus de points de ralliement pour fortifier ſon ſentiment par celui de tous ; plus de frottemens entre les esprits ; & les esprits, comme les cailloux, en ont besoin pour qu'il en sorte du feu. Une Pièce pourroit ainsi commencer & finir, sans que les Acteurs ni les Specta-teurs, pris chacun séparément, osassent en-core eux-mêmes affirmer si elle a tombé ou réussi. C'est un jugement de réflexion qui seul constate alors la chûte ou le succès ; & bien des gens, dès qu'on leur donne le tems de la réflexion, sont enchantés de pouvoir se dispenser d'applaudir. L'esprit de parti, qui, jusqu'à la fin du monde, se mêlera des Opéra-comiques & des affaires d'Etat, préside donc aux Arrêts ainsi rendus ; or l'esprit de parti a toujours décidé d'avance du sort d'un Ouvrage.

Il est une autre observation particulière aux Pièces en musique, c'est qu'elles ne sont don-nées à Versailles ou à Fontainebleau qu'une fois, deux au plus, & qu'il est impossible de juger les effets d'harmonie à une première, & même à une seconde représentation. Dans la

muſique , il exiſte une partie purement mé-
chanique , qui , ſous les doigts les plus ha-
biles , comme aux oreilles les plus exercées ,
ne peut obtenir ſon parfait accord & ſa puiſ-
ſance victorieuſe que de l'habitude.

Peut-être ne devroit-on jamais donner
d'Opéra nouveaux à la Cour , peut-être , au
contraire , ſeroit-il fort utile d'y donner de
préférence toutes les Pièces nouvelles du
Théâtre François. L'inconvénient des applau-
diſſemens ſupprimés , deviendroit alors lui-
même un avantage. En effet , l'on n'a pu proſ-
crire ainſi ces brillans ſuffrages du moment,
ſans contenir en même-tems les huées redou-
tables , quelquefois injuſtes , & toujours indé-
centes. Un chef-d'œuvre n'eſt point à l'abri
du fou-rire d'un ſot ou de la convulſion
bruyante d'un méchant ; & une ſeule de ces
ſuppoſitions réaliſée peut , avec la déconte-
nance du héros , déterminer le murmure uni-
verſel. Oroſmane ou Tancrede , ſous le joug
du ſifflet , ſont néceſſairement très-gauches

aux genoux de Zaïre & d'Amenaïde, & de cette gaucherie momentanée peut réfulter la profcription d'un bon ouvrage. Il eft un optique du Théâtre qui ne s'apperçoit qu'au Théâtre. D'après cette vérité, on a defiré fouvent pour toutes les Pièces nouvelles une répétition auffi foignée que la repréfentation même, où feroit admis le même concours de Spectateurs ; répétition que l'on pourroit appeller repréfentation d'épreuve, uniquement deftinée à éclairer l'Auteur, & ne datant de rien pour le fuccès ou non fuccès de fon Ouvrage. Rien ne rempliroit mieux cet objet que les Spectacles de la Cour. L'impofant de la Scène permettroit à l'Auteur de s'y juger ; les avis judicieux lui parviendroient enfuite pour confirmer fes preffentimens ; mais la voix infultante du dénigrement qui révolte, n'en feroit plus l'organe ; les fentimens du Public ne lui feroient plus révélés avec outrage, & la vérité inftructive parviendroit alors à fon cœur pour l'éclairer, & non pour le flétrir.

Cet ufage enrichiroit encore la Scène Fran-
çoife d'une magnificence théâtrale , aujour-
d'hui réfervée trop exclufivement pour la
Scène Lyrique , & à laquelle la dignité de la
Tragédie lui donne fouvent des droits plus
légitimes. Ce luxe de décoration & cette
recherche des acceffoires , à l'appui d'une
grandeur que l'on peut fuppofer réelle , ont
bien un autre prix que confacrés aux erreurs
brillantes de l'ingénieufe mythologie , ou
d'une féerie fouvent ridicule. Jamais le plus
fuperbe Olympe , jamais le plus charmant
Palais d'enchanteur ne porteront dans l'ame
une impreffion auffi forte que la pompe bien
entendue d'un Spectacle hiftorique (a). Ces
fonds énormes engloutis dans les fouterrains
de l'Opéra , s'ils étoient adaptés , au moins
en partie , aux chefs-d'œuvre du vrai genre,
attefteroient auffi fûrement la puiffance du

(a) Le plus beau Spectacle qui ait frappé mes yeux eft,
à mon gré , & fans nulle comparaifon , la repréfentation d'A-
thalie , au mariage de M. le Dauphin.

Souverain. Il en réfulteroit cet autre avantage d'exciter des talens plus rares & moins encouragés, de donner un plus beau cadre à de plus beaux tableaux, & de mettre en jour les fublimités de la morale & de la poéfie, qui, après tout, (& fans déprécier rien) valent bien des ariettes & des gargouillades.

Je me fuis écarté de mon fujet, & ces réflexions font un peu graves à propos de la Rofiere. En donnant un Opéra-comique, j'ai au moins acquis le droit de faire les honneurs du genre, & j'avoue qu'il ne méritoit pas à lui tout feul des obfervations auffi approfondies : revenons.

Aux obftacles communs à toutes les Pièces en mufique données à la Cour, il s'en eft joint quelques-uns de particuliers à la mienne. Un devoir militaire m'occupoit à l'Ifle de Rhé, au moment où l'on fe difpofoit à la donner à Fontainebleau. Je ne pouvois pas trop décemment repaffer la mer pour venir veiller à la répétition. Quelques mois aupa-

ravant, je m'étois contenté d'envoyer un manuscrit exact, accompagné de notes indis-
pensables. J'ignore par quelle fatalité il se
trouva perdu avant que la Pièce fût sûe, &
par conséquent représentée. Au défaut du
manuscrit égaré, on eut recours à un autre
très-raturé, où les nouvelles corrections,
relatives aux ariettes seulement, étoient por-
tées. Elles s'y trouvoient malheureusement en
contradiction avec l'ancien dialogue : delà
résulta, à la représentation, mille petites ab-
surdités plus piquantes les unes que les autres ;
& un galimathias dont toute la bonne volonté
des rivaux auroit eu bien de la peine à sauver
le ridicule à l'Auteur mutilé & absent (*a*).

Ce manuscrit étoit depuis cinq ou six ans
entre les mains de M. Gretri. Je saisis
cette occasion de rapporter la date de mon
importante production ; je me crois obligé
d'en faire part aux esprits bien intentionnés,

______

(*a*) Voyez l'édition faite pour Fontainebleau, & trop fautive
pour valoir même la peine d'être désavouée.

qui ont eu grand soin de faire remarquer à
des Juges, dont une seule pensée ne peut
être indifférente, combien peu le métier d'un
Aide-Maréchal Général-des-Logis de l'Armée est de faire des Opéra-comiques. C'est à
ces donneurs d'avis bénévoles que j'observe
qu'il y a six ans sur-tout, ces distractions
pouvoient encore m'être permises ; qu'aujourd'hui même je serois aussi loin d'en rougir
que de m'enorgueillir du succès le plus entier dont elles pourroient être suivies. J'oserai leur garantir, à ces bons amis de Cour,
qu'en ne consacrant aux petits vers que les
heures qu'il leur plaît de vouer à la lâche
médisance ou à l'oisiveté absolue, un galant
homme peut trouver le tems de faire beaucoup d'Opéra, & cela sans nuire plus qu'eux
aux bonnes mœurs, & sans négliger davantage une carriere où je leur promets de ne
pas les laisser en avant, faute de méditations
laborieuses pendant la paix, ou d'un tems
de galop de plus à la guerre. Enfin, s'il est

permis

permis d'épancher un moment fon cœur, je leur dirai que rien ne me fera renoncer à ces occupations innocentes & folitaires qui, n'attachant l'efprit que fur des objets doux, lui procurent l'utile diftraction de tant d'objets qui répugnent, amenent à la familiarité de l'étude par le charme infenfible d'une application riante, difpofent à de plus vaftes travaux, étendent l'imagination, nourriffent l'ame, apprennent à fe paffer des hommes en les aimant, & à leur pardonner, au lieu de les haïr.

Au refte, peut-être cette foule de petites circonftances défavorables ont - elles fervi à la fin au fuccès de la Pièce. Elles ont permis de faire des changemens heureux ; la très-médiocre opinion que la repréfentation de la Cour avoit laiffée de l'Ouvrage, a pu lui être utile à Paris, & le peu à quoi l'on s'attendoit, a fans doute fait valoir le peu qui s'y trouve.

Je ne ferai pas auffi légérement les honneurs de la mufique ; je ne defirois, pour fon fuccès, que de la voir exécutée ; mais je ne crois pas qu'elle foit encore fentie comme elle doit l'être. Je pouvois me repofer fur mon fecond ; cependant fon affociation commence à faire payer l'appui qu'elle donne, par des rifques qui en deviennent inféparables : il ne faut point oublier que M. Grétri eft aujourd'hui coupable aux yeux de l'envie, de l'irrémiffible péché de onze fuccès confécutifs ; & ce crime rare affure bien autant d'ennemis que de partifans.

J'ai tardé long-tems à faire imprimer la Rofiere : peut-être ne l'aurois-je pas fait imprimer du tout, fi des critiques verbales, même imprimées, ne m'avoient fait connoître que toute Pièce où il y a de la mufique n'eft jamais bien entendue, ni même comprife avant d'avoir été lûe : c'eft pour l'intelligence de la Scène que je me détermine à cette nouvelle publicité, & non par la conviction que de telles miferes puiffent jamais mériter les honneurs durables de la preffe.

La Rofiere a été jouée neuf fois à Paris,

deux fois à la Cour ; & tous les jours, des consciences timorées (servies, il est vrai, par de mauvaises oreilles, ou une attention fort distraite) me reprochent encore d'avoir fait passer une nuit à la Rosiere tête-à-tête avec son amant. J'avoue, que pour mon compte, je croirois possible d'allier la vertu villageoise avec cette circonstance ; je crois à la vertu la nuit comme le jour ; mais je ne force personne à être de mon avis : je conviendrai même que la nuance seroit un peu forte au Théâtre ; qu'il seroit difficile de donner cela pour exemple de pudeur aux filles de Salenci ; je dis seulement qu'il n'y a pas un mot de tout cela dans la Pièce.

La Scène s'ouvre le soir à l'heure où les laboureurs reviennent des champs. Colin, laboureur, arrive à cette heure-là. Il trouve Cécile travaillant sur la porte de sa maison, qui donne sur la place du village. Il cause & se promene avec elle sur cette place, où le Bailli se promene aussi avec d'autres jeunes filles. Selon la verſion qui a mérité cette critique, le premier acte étoit fini, qu'il faiſoit jour encore; la lune ne ſe levoit qu'au ſecond acte, ce qui caractériſe le ſoir encore plus particulièrement; & quels ſont les infortunés aſſez à plaindre pour confondre ainſi le ſoir avec la nuit? Dans ce ſecond acte, le père venoit lui-même ſe promener devant ſa chaumière, ſeul d'abord, & enſuite avec ſa fille. En rentrant, il invitoit ſa fille à y revenir; le terrible Bailli revenoit encore, Cécile auſſi; la plupart des Habitans paroiſſoit à leur tour à la fin du même acte; & à moins de ſuppoſer Salenci peuplé de noctambules, il faut convenir que la nuit ne commençoit & ne paroiſſoit commencer qu'entre le ſecond & le troiſiéme acte, ce qui eſt la vérité (a).

Ces petits défauts d'intelligence de la Scène

(a) Aujourd'hui, c'eſt entre le premier & le ſecond, parce que j'ai penſé que la Pièce auroit aſſez & peut-être encore trop de trois actes, & que j'ai réuni en conſéquence les deux premiers en un ſeul.

font inséparables des misérables refforts mécha-
niques qui détruifent l'illufion de ce Théâtre.
Comment prétendre y exprimer les progrès
ou la décadence du jour, quand la conduite
du firmament fe trouve confiée au moucheur
de chandelles ? A la première repréfentation
de la Rofiere, par exemple, ma lune fe dé-
tachant de la voûte étoilée, fe trouva tout-
à-coup fufpendue à une fifcelle au centre de
l'atmofphère : ces fortes de phénomènes peuvent devenir par fois funeftes à l'Auteur, quoi-
qu'on ne doive pas en confcience le rendre
garant du cours des aftres. Je m'étois encore
fait l'idée la plus riante de la petite navigation
de Colin, de la montagne pittorefque d'où
il fe précipite, de la riviere limpide où fa
barque devoit être balancée, de la roche
moufleufe où Cécile devoit le trouver à fes
pieds : je ne puis dire avec quelle douleur j'ai
vu toutes ces charmantes images fuir de mon
cerveau, au premier afpect de la muraille rap-
prochée qui ferme le fond de la Scène, ré-

b iij

duit mon Apennin à deux misérables châssis barbouillés, exhaussés miraculeusement à quatre pieds de terre, séparés par des marches de sapin de quatre pouces de largeur, & où toutes les graces & l'adresse de M. Clairval lui permettent à peine de paroître & de descendre sans se casser le cou, ainsi qu'à mon coup de Théâtre. Je n'ai pas été affecté moins tristement, en voyant sa nacelle voguer *en planche ferme*, sans même l'accessoire d'une pauvre gaze d'argent roulante, qui auroit dû figurer les flots, & j'avoue que mes angoisses ont été au comble quand j'ai pu appercevoir une porte du grenier de la Comédie, encore armée de ses gonds, marquer, par des angles de quarante-cinq degrés, les voluttes adoucies d'une rampe de gazon, & surmontée d'un tabouret rembouré de crin, qui exprime le tertre de verdure où la Rosiere évanouie auroit pu faire tableau.

Il m'est permis de rire de ces petits contretems quand ils ne regardent que moi ; je m'en afflige quand je songe combien de fois ils fe reproduifent aux dépens des plaifirs de la Société. Il eft réellement honteux que dans la Capitale de la France, l'emplacement d'un des Théâtres les plus accrédités par le concours du Public, ne permette pas des reffources dont jouit Nicolet. Je plaide la caufe des Acteurs qui gémiffent tous les premiers de ces inconvéniens, & j'étois bien loin tout-à-l'heure de les avoir en vue dans les petites plaintes que je me fuis permis d'exhaler.

Paffons à un autre reproche très-grave fait à mon Héroïne. L'innocence des filles eft par-tout pourfuivie & foupçonnée ; c'eft un des grands malheurs du genre humain. La Rofiere de Salenci retrouve à Paris de faux témoins & des rivales. Sans cela, comment lui reprocheroit-on avec tant d'amertume une careffe accordée par elle à un amant avoué de fon père ? Un certain Journal la blâme beaucoup *de fe faire faire ainfi un baifer par Colin.* J'avoue pour mon compte, qu'en lifant il y a quelques jours cette relation, la conftruction du début de la phrafe m'inquiéta férieufement. Tout le monde fentira ce qu'elle annonçoit, & je conviens qu'il m'eût été plus difficile d'excufer un enfant qu'un baifer. Pour le baifer, j'y tiens, & foutiendrai fa pureté jufqu'à la mort. Je ferai remarquer qu'il eft pris (& non fait) en place publique ; que cette circonftance prouve au moins l'innocence de l'intention des accufés, & qu'à la Cour d'amour de la Reine Berthe, on n'eut certainement pas jugé un baifer donné en place publique de village, comme donné, pris, ou *fait* au fond d'un bois ; c'eft le myftere qui aggrave tous ces crimes, & c'eft pour cela fans doute que nos galans Chevaliers en mettent en général fi peu dans leurs amours. D'ailleurs, l'on veut trop oublier qu'un baifer ne dit pas la même chofe au hameau qu'à la ville. Au hameau, il y a autant d'exemples de filles qui embraffent tous les jours leurs amans & en reftent-là, qu'il peut fe trouver ailleurs de tout-à-fait grandes Dames , accordant tout à leurs amis avant d'avoir permis de leur baifer la main. Il eft d'ailleurs un peu cruel d'analyfer une Scène de Paftorale comme une propofition théologique , & de mettre ainfi les careffes naïves d'une Bergère au rang des cas de confcience.

Ah ! laiffons encore aux villages l'ingénuité de leurs mœurs ; gardons-nous , même dans nos tableaux , de cette hypocrifie maniérée , ufurpant le nom de décence ; vertu fauffe , difpenfant de toutes les vraies , & faite pour en dégoûter à force de les fupporter triftes. N'oublions pas que l'innocence n'habite déja plus dans un cœur , dès que le mal peut être foupçonné par lui ; & tenons-nous pour affurés qu'en France tout fera perdu fans retour , fi jamais la pruderie s'avife d'aller s'établir à la campagne. Heureux Payfans , careffez-vous fans remords , puifque vous favez vous aimer fans dot. La fenfibilité eft mère des baifers & des bonnes actions ; la maîtreffe la plus tendre eſt auſſi la fille la plus attentive , & devient un jour la plus tendre des mères. Au hameau , le vieux père & les jeunes enfans les plus à plaindre , feroient à coup fûr le père qui auroit donné la naiſſance , & les enfans qui l'auroient reçue de la fille dont l'amant n'auroit jamais obtenu un baiſer avant la noce : j'en appelle aux femmes des quatre parties du monde.

Eh ! que n'en ſommes-nous encore-là nous-mêmes , nous mornes Citadins , qui devrions être ſi contens & ſi gais ! Si l'amour naïf nous étoit mieux connu , l'envie fatiguante nous tourmenteroit moins , les ſuccès n'affligeroient plus les rivaux , & n'enfleroient pas d'un ſot orgueil les triomphateurs. La gloire feroit pure , & ſouvent on oublieroit ſa gloire , pour le plaiſir plus doux de voir la joie de ſon ſuccès partagée. Ce feroit toujours un bonheur d'être applaudi ; ce feroit un bonheur de plus d'applaudir. Après l'ineſtimable & rare avantage de ſervir les hommes , on oferoit compter pour quelque choſe celui de les amuser un moment. L'homme de Lettres ne seroit jamais un bienfaiteur arrogant ; l'homme du monde ne seroit plus un ingrat ; enfin tout ce qui pourroit valoir à la Société une distraction agréable, seroit déposé sans obstacle dans la masse de ses plaisirs, avec une allégresse commune à celui qui seroit assez heureux pour donner , & à ceux qui auroient à recevoir.

Tels sont les vœux sincères d'un homme qui sent moins dans son cœur le besoin d'être applaudi que celui d'être aimé ; qui braveroit la haine dans ses effets , mais ne se consoleroit pas d'en inspirer le sentiment ; qui défie son ennemi le plus acharné , s'il en a , de l'accuser de lui avoir fait volontairement aucun mal , ne voudroit se venger qu'en faisant du bien , avoue sa sensibilité à l'éloge , promet docilité à la critique , & mépris à la satyre.

PERSONNAGES.	Acteurs.
CÉCILE, désignée Rosiere.	Mme Trial.
COLIN, Amant de la Rosiere.	M. Clairval.
HERPIN, Père de la Rosiere.	M. Nainville.
LE BAILLI de Salenci.	M. la Ruette.
LE SEIGNEUR de Salenci.	M. Narbonne.
NINA, LUCILE, ANNETTE, } Prétendantes à la Rose.	{ Mlles Beaupré, Linguet,
JEAN GAUD, Meûnier d'un Village voisin.	M. Trial.
TRÉTARE, HUBERT, ARNAUD, } Juges Vieillards.	{ Mrs Desbrosses, Touvois, Morel.
HABITANS & HABITANTES de Salenci.	
Suite du Seigneur.	

Le Théâtre représente une place de village ornée d'arbres, sur laquelle donne la maison du père de la Rosiere. Toute la façade de cette maison doit être décorée de guirlandes de fleurs & de feuillages, & un large drapeau blanc déployé doit couronner cette décoration. Ces ornemens doivent être disposés, de façon que l'on puisse sortir de la maison, mais non y rentrer sans les voir.

LA

LA ROSIERE DE SALENCI,

PASTORALE.

ACTE PREMIER.

SCENE PREMIERE.

CÉCILE, *assise sur sa porte, & travaillant à un petit métier à dentelle.*

ARIETTE.

Quel beau jour se dispose !
Qu'il promet de douceur !
Je recevrai la Rose
Des mains de Monseigneur.

Cécile se leve & regarde les ornemens dont sa porte est décorée.

Ce beau drapeau, ce verd feuillage,
Et ces rameaux en fleur,

A

Sont le fignal & le préfage
De ma gloire & de mon bonheur;
L'un & l'autre eft cher à mon cœur,
Tout ce que j'aime les partage.
Encore ce matin,
Mon père & Colin
Sourioient,
Me paroient
De cette fleur fi chère;
S'embraffoient,
M'appelloient
La belle Rofiere;
Ah, Colin! ah, mon père!
Venez tous deux,
Que mon bonheur vous rende heureux.

SCENE II.

CÉCILE & COLIN *qui doit entrer, fans être vu, un peu auparavant que l'Ariette finiffe.*

CÉCILE.

MAIS, le méchant Colin ne vient pas;

COLIN, *fe montrant, & prenant une main de Cécile.*

Le voici.

CÉCILE.

Quoi! te voilà, mon cher ami!
Mais, tu reviens ce foir plus tard qu'à l'ordinaire!

COLIN.

En chemin cependant, je ne m'arrête guère
Quand je viens te rejoindre ici.

(Il montre à Cécile les guirlandes & le drapeau
qui décorent sa maison.)

Oh ! les charmantes fleurs ! qu'il est verd ce feuillage !
Ah ! que j'aime ce beau drapeau !
Ma Cécile , quel doux tableau !
A ta vertu , c'est un hommage.

CÉCILE.

Colin, on obtient ce tréfor ,
Pour prix de quinze ans de fageffe ;
Hélas ! au prix de la tendreffe ,
Crois-moi , j'ai plus de droits encor.

COLIN.

Cécile , c'est la même chofe ;
Faire le bien fans vanité ,
Aimer avec fidélité ,
C'est deux fois mériter la Rofe.

CÉCILE.

A propos , Colin ; le Bailli
Tantôt est venu chez mon père.

COLIN.

Je l'ai rencontré près d'ici ,
Encore plus renfrongné , plus brufque & plus févère ;
Que lui vouloit-il donc ?

CÉCILE.

   Ah ! je ne le fais pas ;
Mais il gefticuloit, puis il parloit tout bas,
Me regardoit . . . . .

COLIN.

Sais-tu que dans tout le Village,
On prétend que ce vieux jaloux
Veut t'obtenir en mariage ?
Il t'aime.

CÉCILE.

Lui m'aimer ? De l'amour à son âge ?

SCENE III.

Les Précédens , LE BAILLI, *sans être vu.*

CÉCILE.

Est-ce qu'on peut aimer avec un tel visage ?
Ah ! mon Dieu, qu'il est laid quand il fait les yeux
doux...

(*Colin prend un air sombre & s'écarte un peu de Cécile,
ce qui donne au Bailli le temps de dire son à parte.*)

LE BAILLI.

C'est de moi qu'ils parlent , je gage;
Mais, parbleu, je les tiens.

(*Il sort en faisant des signes de colère.*)

SCENE IV.

COLIN & CÉCILE.

CÉCILE, *à Colin.*

TU t'éloignes de nous ?

COLIN, *tendrement.*

Ah Cécile !

CÉCILE, *se rapprochant.*

Eh ! qu'as-tu ?

COLIN.

Qu'a répondu ton père ?

CÉCILE.

Il m'a dit doucement : « Cécile , éloignez-vous ».
Puis, un moment après, j'ai vu de la chaumière
Le Bailli sortir en courroux.

(*d'un air content.*)

Mais va, si tu savois ....

COLIN.

Quoi donc, quoi donc ?

CÉCILE.

J'espère...

Mon père ....

COLIN.

Eh bien?

CÉCILE.

Tantôt il m'a parlé de toi.

COLIN.

Eh bien , eh bien ! que t'a-t-il dit de moi ?
Inftruis-moi donc.

CÉCILE.

Il m'a dit : « oui ma fille ,
» Je voudrois que Colin fût de notre famille ».

COLIN.

Oh ! bon ! Il falloit bien alors le carreffer.
Enfuite , après.....

CÉCILE.

J'ai répandu des larmes.

COLIN.

Tu pleurois.

CÉCILE.

Oui, Colin ; oui ; j'y trouvois des charmes;
Et lui-même , en pleurant , eft venu m'embraffer.

COLIN.

Va , je le crois , fon ame eft généreufe ;
C'eft à moi qu'il garde ta main.

CÉCILE.

Il dit qu'il veut me rendre heureufe;
Il faut bien le croire , Colin.

DUO.

CÉCILE.

La plus douce efpérance
Luit au fond de mon cœur.

COLIN.

Mon cœur jouit d'avance
De l'excès du bonheur.
Ah ! si jamais ton père
Confent à nous unir !

CÉCILE.

Comme il aimoit ma mere
Sauras-tu me chérir ?

COLIN.

Oui, je veux que lui-même
Te dife, en me voyant :
J'aimois d'amour extrême,
Mais moins que ton amant.

ENSEMBLE.

La plus douce efpérance
Luit au fond de mon cœur.
Món cœur jouit d'avance
De l'excès du bonheur.

COLIN.

Quels foins doit-il attendre
Pour un bienfait fi doux !

CÉCILE.

Il faut encor le rendre
Plus fortuné que nous.

COLIN.

Il faut par tes careffes
Le faire rajeunir.

CÉCILE.

Il faut par nos tendreffes
L'empêcher de viéillir.

ENSEMBLE.

Quelle douce efpérance
Luit au fond de mon cœur !
Ah, jouiffons d'avance
De tout nôtre bonheur.

SCENE V.

Les Précédens & LE BAILLI, dans le fond du Théâtre, amenant avec lui Nina & Lucile, qu'il pouſſe doucement par les bras, & à qui il montre Colin & Cécile qui ſe rapprochent pendant la ritournelle du duo. Colin ſerre une main de Cécile dans les ſiennes. Pendant toute cette Scène, Nina & Lucile ont l'air d'écouter avec malice, & font de grands geſtes d'étonnement. A chaque trait du dialogue, elles s'éloignent & ſe rapprochent alternativement du Bailli, à qui elles ont l'air de parler avec beaucoup d'action ſur ce qu'elles voyent & ſur ce qu'elles entendent.

LE BAILLI, *à Nina & à Lucile, en tirant une écritoire & du papier de ſa poche.*

Vous, obſervez bien tout ; moi, je vais tout écrire.

CÉCILE *à Colin, en ſoupirant, tandis que Nina & Lucile s'approchent pour l'écouter.*

Mais il faut nous quitter !...

LE BAILLI, *écrivant, & d'un ton emphatique.*

Notons qu'elle en ſoupire.

COLIN, *à Cécile.*

Si-tôt ?

CÉCILE.

Au point du jour ici nous reviendrons.

LE BAILLI, *écrivant.*

Rendez-vous du matin; vîte, verbalifons.

CÉCILE.

Ecoute-moi, Colin : demain mon pauvre père,
Pour parer fa cabane, où viendra Monfeigneur,
Pour fon âge fans doute aura beaucoup à faire ;
Tu viendras nous aider.

COLIN.

Oh ! oui; de bien bon cœur.
Sans doute il faut qu'en paix le bon vieillard fomeille ;
Il faut que tout foit prêt, même avant qu'il s'éveille.

(*En fe rapprochant tendrement de Cécile.*)

Tu dois en attendant le baifer de l'adieu.

(*Il l'embraffe.*)

LUCILE & NINA, *accourant vers le Bailli plus
vîte encore.*

LUCILE.

Un baifer !

NINA.

Un baifer !

LE BAILLI, *changeant d'attitude, & plus en
colère que jamais.*

Je l'ai trop vu, morbleu...

COLIN, *à Cécile.*

Tu n'as donc plus rien à me dire ?

CÉCILE.

Mets ta main fur mon cœur, il parlera pour moi.

(*Colin pose la main sur le cœur de Cécile, tandis que le Bailli se rapproche entre les deux petites filles.*)

NINA, *à Lucile en riant.*

Comme elle est tendre !

LE BAILLI, *gesticulant.*

Je le croi....

COLIN.

Ah ! Cécile, comme il bat vîte !

CÉCILE, *à Colin, en rentrant chez elle.*

C'est de plaisir quand je te voi ;
C'est de chagrin quand je te quitte.

SCENE VI.

LE BAILLI, NINA, LUCILE, *évitant d'être vus par Cécile qui rentre chez elle, & par Colin qui sort.*

TRIO.

LE BAILLI, *furieux.*

Vous l'avez, je crois, entendu ?

NINA et LUCILE, *avec malice.*

Oh oui ! de l'une & de l'autre oreille.

LE BAILLI.

De vos deux yeux vous l'avez vu ?

NINA & LUCILE.

Oh ! toutes les deux à merveille.

LE BAILLI, *reprenant son Procès-verbal.*

Ecrivons donc vîte ; écrivons.

LUCILE.

Comme elle embrasse les garçons !

NINA.

D'elle il faut prendre des leçons.

LE BAILLI, *à part.*

Pauvre Bailli, que vas-tu faire ?
Te venger de ne pouvoir plaire ?
C'est le sort de tous les barbons.

NINA & LUCILE.

Comme elle est sage la Rosiere !
Comme elle embrasse les garçons !

LE BAILLI, *reprenant son papier.*

Ce baiser me rend ma colère,
Verbalisons, verbalisons.

NINA & LUCILE.

Ah ! la fripponne l'entend-elle ?
La main d'un garçon sur son cœur !

LE BAILLI, *à part.*

La rend encôr cent fois plus belle.

NINA & LUCILE.

Ah qu'elle est sage !

LE BAILLI, *à part.*

Ah qu'elle est belle !

ENSEMBLE.

NINA & LUCILE.	LE BAILLI.
Et vîte, donnez-lui la fleur.	Ah livrons - nous à ma fureur !

LE BAILLI.

Demain elle n'a plus la Rose,
Et je ferai valoir vos droits.

NINA & LUCILE.

Et mais vraiment, c'est autre chose.

NINA, *à part au Bailli.*

Vous ferez donc valoir mes droits ?

LUCILE, *à part au Bailli.*

A la Rose aussi j'ai des droits.

LE BAILLI, *à part à Nina.*

Comptez sur moi ; laissez-moi faire.
(*à part à Lucile.*)
Je me charge de votre affaire. . . .

ENSEMBLE.

NINA & LUCILE.	**LE BAILLI,** *à part.*
Demain chacun reprend ses droits.	Mais si je souffre & ne puis plaire, Nous souffrirons tous à la fois.

LUCILE, *à part, avec l'air gai.*

Ce sera moi ;

NINA, *à part, en sautant.*

Ce sera moi, je gage.

LE BAILLI, *avec emphase, en repliant son papier.*

Or ça, mon verbal est fini ;
Il faut maintenant que ceci
Soit connu de tout le village.

NINA, *avec l'air un peu étonné.*

Il faut le dire.

LE BAILLI.

Assurément.

LUCILE.

Mais, Monsieur le Bailli, n'est-ce pas bien méchant ?

LE BAILLI, *avec l'air sententieux.*

Le bon ordre le veut, & le Ciel vous engage ;
Quand on cache le mal, c'est qu'on en fait autant.

LUCILE.

Oh bien, s'il est ainsi ;

NINA, *avec vivacité.*

Nous dirons tout vraiment.

LE BAILLI.

Apprenez-le aux garçons, aux filles,
(Sur-tout aux filles cependant,
Pour que cela plus promptement
Se répande dans les familles.)
Et pour hâter encor l'effet
De ce que je viens de prescrire,
A ceux qui feront du secret,
Recommandez de n'en rien dire.

NINA.

Fort bien.

LE BAILLI.

Si dans ces lieux, Cécile peut venir,
Sans perdre un seul moment, vous viendrez m'avertir.

NINA.

Comptez sur nous pour vous instruire.

LE BAILLI.

Demain la Rose, adieu ; je compte sur vos soins,

(*à part.*)

(J'y dois compter, leur cause à la mienne est égale ;)
Des filles aisément, l'on fait de faux témoins,
Quand il s'agit d'une rivale. (*Il sort.*)

SCENE VII.

NINA & LUCILE.

DUO.

NINA.

Écoute-moi, Lucile,
Parle-moi franchement.

LUCILE.

Ah! rien n'est plus facile.

NINA.

Pas tant, pas tant.
Le Bailli se dispose
A combler tous nos vœux;

LUCILE.

Mais il n'a qu'une Rose.

NINA.

Et nous, nous sommes deux.

LUCILE.

Eh bien, il faut attendre.

NINA.

Il vaut mieux nous entendre.

LUCILE.

Je sais bien ce qu'il m'a promis.

NINA.

C'est à moi qu'il garde le prix.

ENSEMBLE.

C'est à moi qu'il garde le prix,
Je sais bien ce qu'il m'a promis.

LUCILE.

Et puis à la couronne
J'ai des droits que vous n'avez pas.

NINA.

Et s'il vous plaît, qui vous les donne?
Ah! c'est votre amour pour Licas.
Ma Lucile, à la préférence,
Mon droit, crois-moi, vaut bien le tien.

LUCILE.

Oui, c'est votre innocence
Et l'amour de Baftien.

ENSEMBLE.

Pour un baifer, pauvre Cécile,
Tu perds le prix injuftement.

LUCILE.

Vous en avez bien donné cent.

NINA.

Et vous, à Licas plus de mille.

LUCILE.

J'entends du bruit: Cécile vient ici,

NINA.

Nous, courons vîte avertir le Bailli.

SCÈNE VIII.

CÉCILE & les Précédentes.

CÉCILE, *les appellant avec gaieté.*

Nina, Nina.

LUCILE, *avec l'air de l'ironie, & prête à sortir*
par le fond du Théâtre.

Bon soir.

CÉCILE.

Vous me fuyez, Lucile ?

NINA, *entraînant Lucile qui est prête à répondre.*

Nous souhaitons la Rose à la sage Cécile.

SCÈNE IX.

CÉCILE, *seule.*

EH ! mais, quel changement ! d'où vient cette
froideur ?
Quoi ! l'on connoît l'envie au fond de nos campagnes !
Si je croyois que mon bonheur
Dût un moment affliger mes compagnes,
Ma gloire attristeroit mon cœur.

(Pendant

(*Pendant cette Ariette, on voit la Lune se lever,
& paroître sur le Théâtre.*)

ARIETTE.

QUAND la fauvette du boccage
Chante le printems de retour,
Les fauvettes de l'alentour
Jouissent de son doux ramage;
Sur les arbres du voisinage
On les voit voler à leur tour,
Et confondre sous le feuillage
Leurs succès & leur chant d'amour.

Vous, innocentes pastourelles,
Imitez ces oiseaux heureux;
Chantez comme eux,
Comme eux soyez fidelles:
Et si jamais quelque Berger
Vous fait sentir la jalousie,
Ah, du moins ignorez l'envie!
Dans nos bois, dans notre prairie
Que son tourment soit étranger.

SCENE X.

LE BAILLI & CÉCILE.

CÉCILE.

(*à part.*) QUEL beau soir!

LE BAILLI.

(*à part.*) La voici, tant mieux;
Peignons-lui ma flamme amoureuse;
Au clair de lune, ici je paroîtrai moins vieux.

B

CÉCILE, *sans voir le Bailli, & raſſemblant les divers petits ouvrages qu'elle a laiſſés ſur une chaiſe devant ſa porte.*

Mon pere dort content ; ah ! que je ſuis heureuſe !
(*Elle apperçoit le Bailli.*)

Ah ! bon ſoir, Monſieur le Bailli.

LE BAILLI, *avec l'air doucereux.*

Comment, vous voilà ſeule ici ?

CÉCILE, *voulant s'en aller.*

Ce n'eſt pas pour long-tems, je rentre chez mon père.

LE BAILLI, *s'approchant & la retenant avec l'air tendre.*

Elle eſt belle le ſoir tout comme le matin.....
Par ma foi, la Roſe, ma chèré ,
N'aura pas trop beau jeu demain,
Auprès du teint de la Roſiere.

CÉCILE.

Tous ces complimens-là ſont, je crois, fort jolis ;
Mais, je n'y comprends rien, je vous en avertis.

LE BAILLI, *ſe contraignant, & voulant careſſer Cécile.*

Ou ce cœur eſt bien tendre, ou la mine eſt trompeuſe.

CÉCILE, *ſe reculant.*

Parlez d'un peu plus loin, le ſoir je ſuis peureuſe.

LE BAILLI.
DUO.

Mais, il fait clair comme en plein jour ;
Regarde à travers ce feuillage,
La lune s'ouvrant un paſſage,
Eclairer les champs d'alentour.

CÉCILE.

Le Roſſignol de ce boccage
Recommence ſon doux ramage,
Croyant le Soleil de retour.

LE BAILLI.

La Lune eſt l'aſtre de l'amour :
Quand elle éclaire ton viſage,
A l'amour elle rend hommage.

CÉCILE.

Que j'aime ſa douce clarté,
Quand le village,
Sous cet ombrage,
S'aſſemble aux beaux ſoirs de l'Eté :
Mais que je l'aime davantage,
Quand Colin eſt à mon côté.

LE BAILLI, *répétant avec affeĉlation.*

Quand Colin eſt à mon côté !

Modérons-nous..... j'étouffe, en vérité.....
(*Après un repos marqué, & avec l'air bien compoſé.*)
Cécile, je vous crois bien ſage !
(Car ce n'eſt rien que la beauté.)
Et, dans ce jour, je ſuis tenté
De vous avoir en mariage ......

CÉCILE, *en riant.*

Je le ſais, Colin me l'a dit.

LE BAILLI, *vivement.*

Comment ? d'où le fait-il ?

CÉCILE.

Ba, ba, tout le village
En parle, & plus encor en rit ;
Mais je vous l'avouerai, j'en ris bien davantage.

LE BAILLI, *à part.*

A chaque mot nouvel outrage....

(*haut.*)

Si je veux, votre père est prêt à nous unir.

CÉCILE, *effrayée & voulant s'enfuir.*

Ah ! je cours aux pieds de mon père ....

LE BAILLI, *l'arrêtant.*

Arrêtez, arrêtez, il n'est pas nécessaire.
Non, de vous seule ici je veux vous obtenir ....
A mon ardeur soyez sensible,
Dites-lui que vous m'aimez bien.

CÉCILE.

Moi ?

LE BAILLI.

Que vous m'adorez...

CÉCILE.

Cela m'est impossible.

LE BAILLI.

Petite, mais pourquoi ?

CÉCILE, *avec impatience.*

Parce qu'il n'en eft rien.

LE BAILLI.

Si vous faviez le prix d'un mari de mon âge !

CÉCILE.

Cela dépend du goût, & chacun a le fien ;
Je le dis franchement, vous n'êtes pas du mien.

LE BAILLI, *avec l'air à la gêne & avec emphafe.*

Que d'honneurs tout-à-coup vous auriez en partage !
Si vous me prenez pour mari,
Songez que vous ferez la femme d'un Bailli !
De tous nos habitans vous recevrez l'hommage ;
On vous appellera, *Madame*, en ce village.

CÉCILE, *riant & fe moquant tout-à-fait du Bailli.*

C'eft trop beau pour moi ; grand'merci.

LE BAILLI, *en colère.*

Vous me bravez ! ... eh bien, petite ingrate,
Tremblez, tremblez à votre tour.
Tous ces petits ferpens d'amour
Vous déchirent dès qu'on les flate ....
Plus de pitié.

CÉCILE.

Pourquoi ce grand courroux ?
Mais, s'il vous plaît.....

LE BAILLI.

Taifez-vous, taifez-vous.
Au confeil des vieillards je vais faire connoître
Le charmant choix qu'ils avoient fait.
Vous avez trop tôt cru le triomphe complet ;
Votre amour pour Colin dans fon jour va paroître ;
Colin fera banni ; j'ai mes témoins là-bas. . . .

(*à part.*)

(Et ! parbleu ! j'en ferois, fi je n'en avois pas.)

DUO.

LE BAILLI, *tirant un grand papier de fa poche.*

Oui, oui, fi je ne peux te plaire,
Tremble, je te ferai fatal.

CECILE.

'Ah ! Dieu ! quelle injufte colere !
Quel eft donc ce papier fatal ?

LE BAILLI.

Tremble, redoute ma colere,
L'amour & mon Procès-verbal.
(*montrant le papier.*)
Là font marqués à chaque page,
Là font notés, là font écrits,
Les rendez-vous, les baifers pris.

CECILE.

Ciel ! quel affront ! Dieu ! quel outrage !
Les rendez-vous ! les baifers pris. . . .

LE BAILLI, *voulant porter fa main fur le cœur
de Cecile.*

Ce cœur bat-il toujours fi vîte ?
Mais non, fon Colin n'eft pas là.

CECILE.

Ah ! de frayeur mon cœur palpite !
  (*à part.*)
Mais, qu'entend-il donc par cela ?

LE BAILLI.

Non, non, son Colin n'eſt pas là,
Et ce cœur pour lui ſeul s'agite ;
Ou s'il s'agite encor pour moi,
C'eſt de plaiſir quand je te quitte,
C'eſt de chagrin quand je te voi.

CECILE.

Ah ! de frayeur mon cœur palpite ;
Il ne s'agite que d'effroi.

SCENE XI.

LE BAILLI, CÉCILE, LES SERGENS
*appellés par le Bailli , & entrant ſur la ſcène avec
un grouppe aſſez conſidérable d'hommes , de femmes
& de jeunes filles ; trois petites filles ſe détachent pour
concerter enſemble ſur un des coins du Théâtre. Cécile
éplorée reſte devant ſa porte , & s'oppoſe , avec les
geſtes de l'attendriſſement & du déſeſpoir , aux Sergens que le Bailli excite à dépouiller la maiſon de
Cécile des ornemens qui la décorent.*

CHŒUR.

CHŒUR.

LE BAILLI.	CÉCILE.	LES SERGENS ET LES PAYSANS.
		LES SERGENS, *au Bailli.*
Holà, Sergens, vengez l'ou- trage ;	Ciel quel affront! Dieux quel outrage !	Nous n'en aurons pas le cou- rage ;
(*Il montre le drapeau &* *les festons de fleurs.*)	Ah, déchirez plutôt mon cœur !	En la voyant, qui ne partage,
Arrachez ces marques d'hon- neur ;		Qui ne partage ses douleurs.
(*A part.*)	(*A part.*)	
Vengez l'affront, servez ma rage ;	Colin : ô Ciel! je perds cou- rage,	LES PAYSANS.
(*Haut.*)	Mon pere en mourra de dou- leur.	Qu'a-t-elle fait? c'est un ou- trage,
Point de pitié pour sa douleur;	Puis-je le croire !	Elle est si belle & si sage!
(*A part.*)	Beau jour de gloire !	Laissez-vous toucher par ses pleurs.
Point de pitié... Dieux qu'elle est belle !	Hélas qu'êtes-vous devenu.	
(*Haut.*) (*A part.*)	Ah! je frissonne.	
Obéissez... Ciel que d'attraits!	Tout m'abandonne.	
Amour, tu rends l'ame cruelle!	Fuyons, hélas, tout est perdu.	
Je rends les maux que tu me fais.		
	(*Cécile rentre chez elle.*)	
(*Après que Cécile est rentrée.*)		LES SERGENS.
(*Aux Sergens.*)		(*Après que Cécile est rentrée.*)
Obéissez, je vous l'ordonne,		Puisqu'il le faut, en son ab- sence,
Je la condamne avec effort.		Obéissons,
(*Il arrache lui-même les guir-* *landes les plus basses qui déco-* *rent la maison.*)		(*Ils arrachent les guirlandes* *& le drapeau blanc.*)
S'il faut l'exemple, je le donne;		Mais croyez bien qu'en sa pré- sence
(*A part.*)		Vous ne l'obtiendriez jamais.
Loin d'elle je me sens plus fort.		

CHŒUR.

ANNETTE.	NINA & LUCILE.
Elle que l'on difoit fi fage, Mérite-t-elle fon malheur?	Elle que l'on difoit fi fage, Demain, demain n'a plus la fleur.
Un baifer tendre? Le laiffer prendre!	Nous avons vu le baifer tendre Qu'à Colin elle laiffoit prendre! On l'a furprife avec Colin
Sur fon cœur lui plaçant la main, Oui-dà Cécile, oui-dà Colin.	Sur fon cœur lui plaçant la main.
(Quand Cécile eft rentrée.)	*(Quand Cécile eft rentrée.)*
Sa peine eft auffi trop cruelle, Ah! qu'avez-vous fait dans ce jour! Vous avez dépofé contre elle: Ah! je m'attendris à mon tour.	Sa peine eft auffi trop cruelle; Ah! qu'avons-nous fait dans ce jour! Nous avons dépofé contre elle: Ah! je m'attendris à mon tour.

Fin du premier Acte.

ACTE SECOND.

SCENE PREMIERE.

CÉCILE, COLIN, *avec les geftes de la colère*
& du défefpoir ; ils entrent chacun d'un côté
oppofé, & vont promptement l'un à l'autre.

Il refte, à la maifon, quelques veftiges des guirlandes
que le Bailli a fait arracher. Le Théâtre doit s'éclai-
rer infenfiblement & marquer les progrès du jour.

(Avant la ritournelle du Duo , on entend un coup de
tonnerre éloigné, & un autre pendant la ritournelle.)

DUO.

CÉCILE.

Colin, quel eft mon crime ?

COLIN, *montrant les ornemens arrachés.*

Reconnois le Bailli.

CÉCILE.

Croit-il l'amour un crime ?

COLIN.

Il en juge par lui.
Le nôtre eſt légitime.

CÉCILE.

J'en ſerai la victime.

COLIN.

Non repoſe-toi ſur lui,
Oui, l'amour eſt notre appui.

ENSEMBLE.

CÉCILE.	COLIN.
Dieu des amours,	Peux-tu douter de ſon ſecours,
Viens, viens nous rendre de beaux jours.	Il nous protege, & pour toujours Il veille ſur nos jours.

CÉCILE, *avec effroi.*

J'entends mon père,

COLIN.

Non, non, ma chère,
Il dort, il dort.

CÉCILE, *tremblante.*

Affreux myſtère,
Craindre ſon père !
O! triſte ſort....

COLIN.

Fille ſi chère,
Tu crains ton père,
Tu méritois un meilleur ſort.

ENSEMBLE.

COLIN.	CÉCILE.
S'il faut une victime,	S'il faut une victime,
Que j'en ſerve ſeul en ce jour:	Que j'en ſerve ſeule à l'amour:
L'inconſtance eſt un crime,	Si l'amour eſt un crime,
Mais c'eſt le ſeul en amour.	Je ſuis bien coupable en ce jour.

COLIN.

Va, va, j'ai tout appris.

CÉCILE.

Colin, qu'allons-nous faire?
Où me cacher, où fuir en revoyant mon père?
Prévois-tu toute fa fureur?
Il va m'accufer de fa honte.

COLIN.

Ah! je crains fon courroux,

CÉCILE.

Je crains plus fa douleur!

COLIN.

Va, la vengeance fera prompte....

CÉCILE, (*on entend un coup de tonnerre, encore dans l'éloignement.*)

Que feras-tu?

COLIN.

Je cours aux pieds de Monféigneur;
Je lui peindrai notre malheur extrême;
Je lui dirai combien je t'aime,
Je lui dirai les crimes du Bailli;
J'y vole....... Monfeigneur n'eft pas loin du
Village.

CÉCILE, *inquiete.*

On entend un coup de tonnerre.

Il n'eft pas jour encor.... j'entends gronder l'orage;
Arrête.

COLIN, *écoutant le coup de tonnerre.*

Que m'importe.

CÉCILE, *tendrement.*

Ecoute, mon ami.....
A cette heure, au moulin, tu n'as point de paſſage,
Chacun dort à préſent .... le Ciel ſert le Bailli,
Et la barque enchaînée.....,

COLIN.

Une barque aujourd'hui !

ARIETTE.

Et que me fait l'orage,
Va, je puis le braver ?
Je crains peu le naufrage,
Quand il faut te ſauver.
Sécher tes larmes,
Calmer ton déſeſpoir,
Venger tes charmes,
Eſt un devoir.

Le tourment de ton père,
Ta douleur, ſa colère,
Voilà le vrai danger ;
Va, ceſſe de me plaindre,
Ce ſeroit m'outrager ;
Ton amant ne peut craindre
Que de vivre ſans te venger.

Adieu.

CÉCILE, *à Colin qui veut s'en aller.*

Toi, me quitter !

COLIN.

Oui.

CÉCILE.

Moi, que je t'expose !

COLIN.

Ma Cécile, il le faut.....

CÉCILE.

Il le faut, & pourquoi ?

COLIN, *avec chaleur.*

Pourquoi ? pour te rendre la Rose.

CÉCILE, *avec défespoir.*

Non, je ne le veux pas .....

COLIN.

Va, ne crains rien pour moi :

(On entend le père de Cécile touffer dans la maifon.)

Mais, qu'entends-je ?

CÉCILE.

Ciel, c'eft mon pere !

COLIN, *fuyant à toutes jambes.*

Adieu, fonge à Colin.

CÉCILE, *en pleurs.*

(Un grand coup de tonnerre)

Chaque coup de tonnerre,
De mon cœur vient doubler l'effroi .....

(Elle fait quelques pas vers fa maifon, & la regarde
avec les geftes du défefpoir.)

Pour les regards d'un père, ah ! quelle affreufe image !
S'il y porte les yeux, oui, s'il voit cet outrage,
La mort, au même inftant, defcendra dans mon fein.

SCENE II.

HERPIN, CÉCILE.

Herpin paroît avec son col défait, ses jarretieres non attachées, & comme un homme qui sort de son lit.

(Pendant cette Scene, le Théatre doit s'éclairer sensiblement. Herpin a toujours le dos tourné à sa maison, & parconséquent, ne peut s'appercevoir que le drapeau n'y est plus, ce qui donne lieu à un jeu de Théatre intéressant.)

CÉCILE, *avec trouble.*

C'Est lui.

HERPIN.

Comme elle est vigilante !
Le plaisir éveille matin ;
Il est bon d'être diligente,
Mais l'excès nuit, ma fille, il faut dormir enfin.
Je deviens vieux, ma marche est chancelante ;
Ménage ta santé pour le bonheur d'Herpin.

ARIETTE.

Du poids de la vieillesse
Tu dois me soulager ;
Ta gloire & ta sagesse
M'empêchent d'y songer.
A la lumiere,
L'œil de ton père
N'a plus qu'un jour à s'animer ;
Dans mon asile,
C'est à Cécile
A le fermer.

(*Cécile*

(Cécile embrasse son père en pleurant.)

Tu pleures.... Qu'as-tu, mon enfant?...
    Ah! jouis dès la matinée,
    Jouis de l'espoir consolant
    De la plus heureuse journée.
    Ce soir, la Rose en fleur,
    Se pose sur ton cœur;
    Je vais t'en voir ornée.
Tu pleurs...., Qu'as-tu donc, mon enfant?...

    Du poids de la vieillesse
    Tu dois me soulager;
    Ta gloire & ta sagesse
    M'empêchent d'y songer.
      A la lumiere,
      L'œil de ton père
    N'a plus qu'un jour à s'animer;
      Dans mon asile,
      C'est à Cécile
      A le fermer.

HERPIN, *caressant sa fille.*

Le Ciel me traite bien .... une fille charmante!
Des graces & des mœurs! quelle union touchante!
Quel doux prix de mes soins, tous mis à la former!
Elle a près de seize ans; pour elle enfin s'apprête
    Le moment dangereux d'aimer .....
    Elle aime ....& c'est un cœur honnête,
    A qui son cœur pur s'est donné.

(Avec vivacité & pressant le débit.)

Oui, ma fille, demain, pour bouquet de la fête,
Ton amant pour époux, par moi t'est destiné.
Colin est laboureur .... eh! je le suis moi-même!
(Pour un état plus haut, il est vrai, j'étois né!)
Colin est laboureur, ma fille, mais il t'aime;
Et ce n'est point l'éclat qui rend plus fortuné.

CÉCILE, *avec transport & tendresse.*

Non, non, l'éclat n'est rien, la richesse ; eh qu'importe !

HERPIN.

Colin sera bien aise . . . . hem . . . ! fais-moi cet aveu ?

CÉCILE, *avec une exclamation douloureuse.*

Mon père, ah, je le crois !

HERPIN, *en souriant.*

Mais, mon enfant, parbleu,
Il a grande raison de penser de la sorte . . . . .
Quelle joie il a du sentir au fond du cœur,
Quand il a pu voir sur ta porte
Flotter le beau drapeau d'honneur !

*(Ici Herpin fait un mouvement pour se retourner
du côté de sa maison.)*

CÉCILE, *l'arrêtant avec force, & s'écriant avec
le ton du désespoir.*

Mon père ! ah ! mon père !

HERPIN, *changeant de ton, prenant un air fort
sévère, & repoussant un peu Cécile de
ses bras.*

A la fin,
Cécile, quel est ce mystere ?
Qu'est-ce donc ?

CÉCILE, *consternée.*

(Un coup de tonnerre.)

Juste Ciel !

HERPIN.

Vous avez du chagrin,
Et le cachez à votre père ?
Vous le méritez donc ? répondez à cela.

(Il surprend sa fille jettant les yeux avec inquiétude
du côté de la maison, & se tourne avec précipitation
lui-même de ce côté . . . . .)

Que regardez-vous toujours là ?

(Il apperçoit les vestiges des guirlandes arrachées à la
façade de sa maison, & reste un moment consterné.)

DUO.

HERPIN.

O ! malheureuse,
Qu'as-tu donc fait ?

CÉCILE.

Je n'ai rien fait.

HERPIN.

Tu n'as rien fait ?
(Regardant les vestiges des guirlandes.)
Image affreuse !

CÉCILE, *à son père.*

Je n'ai rien fait. . . .
(A part.)
Hélas, que dis-je ?
Ah ! je l'afflige,
C'est un forfait.

HERPIN.

Toi qui devois être Rosiere,
Tu déshonores donc ton père ?
De la gloire à la honte, hélas !
Il n'est qu'un pas.

CÉCILE.

De grace, écoutez-moi, mon père.

HERPIN.

Tu forces donc l'œil de ton père
A s'armer de couroux ?

(*L'orage augmente.*)

Entends-tu gronder le tonnerre,
C'eſt toi qui l'attire ſur nous.

CÉCILE.

Ciel ! j'entends gronder le tonnerre,

(*A part.*)

Ah ! Colin, que deviendrez-vous ?

(*Ici on entend, dans le lointain, les Habitans de Salenci qui pouſſent des cris affreux, & dont les voix ſe mêlent à celle d'Herpin & de ſa Fille.*)

LE CHŒUR.

Dieux, quel orage !

HERPIN.

Le Ciel eſt en courroux.

LE CHŒUR.

Sauvez ce malheureux qui nage.

HERPIN.

Le Ciel eſt en courroux.

CÉCILE, *à part.*

Colin ! ô Ciel ! je perds courage.

LE CHŒUR.

Il périt... il tombe... il ſurnage...

(*Cécile écoute le Chœur avec une attention marquée & le témoignage du plus grand effroi.*)

CÉCILE.

Ah, Colin ! que deviendrez-vous?

LE CHŒUR.

Il périt…. courez tous.

HERPIN.

Le Ciel eft en couroux,
Entends-tu gronder le tonnerre?
C'eft toi qui l'attire fur·nous.

CÉCILE.

O Ciel! épuife ta colère,
Mais frappe-moi feule de tes coups.

HERPIN.

Entends-tu gronder le tonnerre?
C'eft toi qui l'attire fur·nous.
O Ciel! épuife ta colère;

(*A part.*

Mais frappe-moi feul de tes coups.

CÉCILE.

O Ciel! épuife ta colère,
Et frappe-moi de tous tes coups.

(*Cécile tombe aux genoux de fon pere qui l'entraîne dans fa maifon.*)

HERPIN.

Ah! j'ai trop vécu…. levez-vous.

SCENE III.

LE BAILLI, *accourant comme un homme qui fe fauve de la pluie, il a l'air de l'effroi & du trouble.*

QUEL coup du fort… Quel diable eût pu s'attendre….
J'en fuis encor tout étourdi…
Le Ciel m'a par·trop bien fervi;
Pauvre Colin!… (je me croyois moins tendre,)

Pauvre Colin !... Mais toi, pauvre Bailli !
Crois-tu ton fupplice fini ?
Non, non ; du vieil Herpin tu n'es pas encor gendre...
Non, de fa fille encor tu n'es pas le mari...

(Il fe tire l'oreille.)

Oh ! le vieux fot ! la vieille bête !
Je deviens imbécile ou cruel tour à tour ;
Un démon me tourne la tête....
C'eft le plus fort de tous ; c'eft le démon d'amour.

A R I E T T E.

Ah ! le Ciel eft bien en colère
Quand il permet de s'enflammer,
Quand il ordonne encor d'aimer
A qui ne fauroit plaire.

Je fens du poifon dans mon cœur,
Plus je me trouve ridicule,
Et plus je brûle,
Pour mon malheur.

On me hait ; j'aime à la fureur....
Eh bien ! n'écoutons que ma rage ;
Défefpérons qui nous outrage ;
Que tous mes maux lui foient rendus...
Elle en fouffrira davantage,
Et ne m'en aimera pas plus....

'Ah ! le Ciel eft bien en colère
Quand il permet de s'enflammer,
Quand il ordonne encor d'aimer
A qui ne fauroit plaire.

(Allant à la porte d'Herpin avec l'air fort empreffé.)

Frappons... Ouvrez... C'eft moi, bon homme Herpin.

SCENE IV.

LE BAILLI, HERPIN.

HERPIN, *d'un ton grave, & restant sur le seuil
de la porte.*

O ! ho ! vous voilà bien matin !
Vous avez donc du mal à nous apprendre ?

LE BAILLI.

Comment ? que veut dire ceci ?

HERPIN.

Rien de plus facile à comprendre ;
C'est qu'autrement, encor vous seriez endormi.

LE BAILLI.

Un moment, si tu veux m'entendre ;

HERPIN, *voulant rentrer.*

Ma fille m'a tout dit ; laisse-moi, laisse-moi.

LE BAILLI.

Ecoute, Herpin, écoute...

HERPIN.

(*Il avance sur la scène.*)

Quoi ?
J'écoute.

LE BAILLI.

Tu chéris ta fille ?...

C iv

HERPIN, *avec transport.*

Oui, oui, je l'aime, & malgré toi,
Elle est encor l'honneur de sa famille.

LE BAILLI.

Ecoute-moi... Foi d'honnête Bailli.

HERPIN, *l'interrompant & lui montrant les*
vestiges de la décoration de sa maison.

Et malgré cet outrage infâme,
Elle est encor l'honneur de Salenci.
Elle aime. Eh bien ! aimer mérite-t-il un blâme ?

LE BAILLI, *embarrassé, & avec l'air*
effrayant.

Ah ! tu ne sais pas tout : écoute, mon ami.

HERPIN.

Moi, ton ami ! tu connois mal mon ame.

LE BAILLI.

Rien n'est perdu : tiens, je suis riche, Herpin :
Je prends, si tu le veux, ta fille pour ma femme,
Et lui rends la Rose demain.

HERPIN.

A présent que me fait la Rose ?
Cruel, quand ta main en dispose,
Quel prix peut avoir cette fleur ?
Long-temps la main de Monseigneur
Sut la rendre digne d'envie ;
Elle étoit le prix des vertus....
Tu la donnes.... elle est flétrie,
Et ma Cécile n'en veut plus.

LE BAILLI.

Crois-tu donc m'honorer en me prenant pour gendre ?

HERPIN.

Toi, de Cécile époux ! va, cesse d'y prétendre :
En me déshonorant aux yeux de Salenci,
(Non pas aux miens, c'est impossible !)
Tu peux me contraindre aujourd'hui
A quitter ce hameau, mon toît jadis paisible ;
A fuir errant, infortuné,
Contraint à demander après avoir donné :

(*tendrement.*)

Cécile, avec son pauvre père,
Seule auroit trop alors à porter sa misère ;
Je veux au moins, pour adoucir son sort,
Lui garder son amant, (l'amour de tout console,)
J'aime mieux Colin pauvre, honnête, sans remord...

LE BAILLI, *avec l'air attendri & embarrassé.*

Hélas ! mon cher Herpin, ton espoir est frivole ;
Ce pauvre Colin ! il est mort.

HERPIN, *avec le ton de la douleur.*

Juste Ciel !....

LE BAILLI.

Pendant cet orage.

HERPIN.

Il est mort ! que dis-tu ?

LE BAILLI.

Je dis la vérité;
En passant la riviere, il aura fait naufrage :
J'ai chez moi son habit que l'on m'a rapporté,
On l'a trouvé sur le rivage.

DUO.

HERPIN.	LE BAILLI.
Cruel, détourne ces objets	Ah! je partage tes regrets.
Des yeux de ma Cécile en lar-mes;	
Si sa mort pour toi n'a des char-mes,	
Dérobe-les lui pour jamais.	
Colin est mort, oh, ma Cécile!	
Il n'est plus de bonheur pour toi;	Reviens à moi, reviens à moi.
Non, il n'est plus un jour tran-quile	Je lui promets un sort tranquile
Pour toi, Cécile,	A ta Cécile,
Ni pour moi.	Et même à toi.
Oh! ma Cécile,	
Oh! triste sort,	Je plains son sort;
Colin est mort.	Colin est mort.

SCENE V.

CÉCILE & les Précédents.

CÉCILE, *accourt & jette un cri douloureux en tombant évanouie dans les bras de son père.*

Il est mort !

HERPIN.

Mon enfant !

CÉCILE.

O mon père !

Il est mort !

HERPIN, *emportant sa fille, & poussant violemment le Bailli qui veut l'aider.*

Laisse-nous . . . . .

LE BAILLI, *voulant toujours suivre.*

Je veux.

HERPIN, *le poussant violemment d'une main.*

Crains ma colère.

SCENE VI.

LE BAILLI, *seul.*

Le bon homme est vert, quoique vieux.
Il a tant de vertus qu'il en est ennuyeux.

SCENE VII.

L E BAILLI, JEAN GAUD, *un baton*
à la main, & le pan de son habit dans son bras.

JEAN GAUD, *courant après le Bailli*
qui veut s'en aller.

HOLA, vous; dites donc, dites-nous la demeure...

LE BAILLI, *avec surprise & dignité.*

Et de qui?

JEAN GAUD.

Du bon homme Herpin.

LE BAILLI.

Pourquoi ?

JEAN GAUD.

Pour lui parler.

LE BAILLI,

Lui parler ?

JEAN GAUD.

Oui, sur l'heure.

LE BAILLI.

De quelle part ?

JEAN GAUD, *impatienté.*

De celle de Colin.

LE BAILLI, *épouvanté & reculant.*

Es-tu sorcier, diable ou lutin ?

JEAN GAUD.
Je ne fuis ni forcier, ni diable.

LE BAILLI.
Eft-il bien fûr ?

JEAN GAUD.
Parbleu, très-véritable :
Je fuis Jean Gaud , Meûnier du Village voifin ,
Mais , dépêchez ; voyez quel grand myftere ;
Où donc eft la maifon ?

LE BAILLI, *cherchant à éluder.*
Herpin eft en affaire.

JEAN GAUD.
Eh bien ! c'eft une affaire auffi ;
Et bonne encor, & qui le fera rire ;
Mais , qui n'en rira pas , c'eft fon chien de Bailli.
Oh ! fi je le tenois.....

LE BAILLI, *à part.*
Me voilà bien ici.

JEAN GAUD.
Ba , Colin m'a tout dit.

LE BAILLI.
Ecoute, mon ami.
(*à part.*) Si je pouvois ici m'inftruire....
(*haut.*) Le connois-tu beaucoup Herpin ?

JEAN GAUD.
Du tout, pourquoi ?

LE BAILLI, *avec l'air grave.*
Je le vois bien.

JEAN GAUD.

Comment?

LE BAILLI.

C'eſt que c'eſt moi.

JEAN GAUD, *avec tranſport, & riant lourdement.*

Je m'en étois douté; c'eſt ma forcellerie.

LE BAILLI, *vîte.*

Vraiment, tu te connois en phyſionomie.
Mais dis, que fait Colin . . . . . .?

JEAN GAUD.

Oh! c'eſt un fier garçon!

LE BAILLI.

Oui, mais au fait.

JEAN GAUD.

J'avons le poignet ferme;
J'avons porté ſix cens, ſans plus broncher qu'un
terme,
Des grands prés à notre maiſon.

LE BAILLI, *frappant du pied.*

Je le crois; mais Colin?

JEAN GAUD.

C'eſt bien autre merveille;
Je ne ſuis qu'un enfant en ſa comparaiſon;
Si nous tenions tous deux le Bailli par l'oreille,
Il ſeroit ſecoué de la bonne façon.

(Le Bailli effrayé s'éloigne toujours de Jean Gaud qui s'en approche avec l'air de la confiance.)

ARIETTE.

Ma barque flottante
Portoit mes filets ;
Une onde dormante
Servoit mes projets.
Soudain un tapage
A faire trembler,
Au Ciel faisant rage,
Vient tout ébranler.
Ma barque s'engage,
S'échappe en debris ;
L'écho du rivage
Repousse mes cris ;
Colin, à la nage,
S'unit à mon fort ;
Et malgré l'orage,
Me conduit à bord.

LE BAILLI.

Se peut-il ! Colin n'est pas mort ?

JEAN GAUD.

Non ; mais ce n'est pas tout.

LE BAILLI.

Comment donc ?

JEAN GAUD.

Votre fille ;
(Il l'aime comme un fou ; je sais qu'elle est gentille ;
Tout le monde le dit.)

LE BAILLI.

Un jour tu finiras.

JEAN GAUD, *lui frappant rudement sur l'épaule.*

Papa, ne vous chagrinez pas.
Votre Bailli.... le chien....

LE BAILLI.
Après.
JEAN GAUD.
Aura beau faire ;
Cécile, malgré lui, sera toujours Rosière,
Monseigneur va venir, c'est ça qu'est un bon tour.

LE BAILLI, *transporté.*
Monseigneur ! .... Il suffit ; va, presse ton retour.

JEAN GAUD.
Je ne suis pas pressé.

LE BAILLI.
Retourne à ton Village.

JEAN GAUD.
Pourquoi ? moi, je voudrois rester au mariage.

LE BAILLI, *le repoussant pour le faire sortir.*
Ah ! ce n'est pas pour aujourd'hui ;
Tu peux partir, si le Bailli
Alloit avec moi te surprendre.....

JEAN GAUD,
Parbleu, je n'ons pas peur de lui.

LE BAILLI, *toujours le poussant.*
Va-t-en.

JEAN GAUD, *se retournant avec brusquerie.*
Oh ! je pouvons l'attendre.

LE BAILLI, *le poussant tout-à-fait dehors.*
Va-t-en, Va-t-en, maudit bavard.
(*Et seul en traversant le fond du Théâtre pour sortir
de l'autre côté.*)
Vous viendrez, Monseigneur, mais il sera trop tard.

Fin du second Acte.

ACTE

ACTE TROISIÉME.

Le Théâtre repréfente un Payfage agréable. On voit une riviere dans le fond, & plufieurs Payfans fur la rive oppofée, occupés à réparer le dégat caufé par l'orage, & à amarer plufieurs barques au rivage. Des montagnes élevées terminent ce tableau. Au-delà de la riviere, & à gauche du Théâtre, en-deçà de la riviere, on apperçoit un petit tertre qui la domine.)

SCENE PREMIERE.

LE BAILLI & LES PAYSANS.

LE BAILLI, *fe démenant de toutes fes forces ; il pouffe devant lui, & hâte de fon mieux plufieurs Payfans, les uns chargés de branches de feuillages, les autres de diverfes chofes qui peuvent être néceffaires à la préparation de la Fête de la Rofe. Il les heurte, il les bat ; il a l'air d'un égaré : les uns font effrayés, d'autres lui font peur.*

CORYPHÉE.

A l'inftant je l'ordonne,
Que la Rofe fe donne,
Hâtez tout pour cela.

D

U N P A Y S A N, *aux autres.*
Qui donc a la couronne ?

U N A U T R E.
On ne nomme perfonne.

U N A U T R E.
Pourquoi donc ce train-là ?

LE BAILLI, *(montrant du doigt où doivent être*
placés le dais & le trône deftinés à la Rofiere.)

Hâtez tout ; je l'ordonne ;
Là le dais, là le trône :
Dépêchez ; c'eft fort bien :
Vîte & vîte, fur-tout ;
La façon n'y fait rien,
C'eft le temps qui fait tout.

L F S P A Y S A N S.

C'eft fort bien ; c'eft bien dit ;
Mais, parbleu dans ce cas,
Le marteau ne va pas
Si vîte que l'efprit.

LE BAILLI, *(à part fur le devant du Théâtre, tan-*
dis que dans le fond & fur les côtés, les Pay-
fans s'occupent à couper des branches d'arbres,
& frappent en mefure avec leurs coignées.

Pauvre Cécile !
Heureux Colin !
Maudit Herpin !
Ah ! fe venger eft plus facile
Qu'arracher l'amour de fon fein....
Plus de pitié, plus de clémence,
Plus de pitié pour ces gens-là.
Oui, je voudrois déja
Que la Fête commence.
A mes pieds je la verrai-là,
Et j'aurai fa main ou vengeance ;
A mes pieds je la verrai là....

Déja dans ma tête
J'entends la marche de la Fête.

(*Marche.*)

(*Les Paysans quittent leur ouvrage pour regarder*
le Bailli, & se moquent de lui.)

LE BAILLI.

A mes pieds je la verrai-là,

LES PAYSANS.

La belle Fête que cela!

LE BAILLI.

Tout est-il prêt ? fort bien ; courage mes enfans.
Et moi, je vais d'ici presser les Habitans.

Il sort, les Paysans le regardent sortir, & abandon-
nent aussi-tôt leur ouvrage.

SCENE II.

CÉCILE, *seule.*

(*Elle arrive éperdue, les cheveux épars, & se laisse*
tomber sur un banc de gazon.)

RÉCITATIF OBLIGÉ.

J'AI tout perdu, mon Amant & la Rose,
J'ai tout perdu, j'ai perdu mon Amant.
Mon père pleure en ce moment ;
De sa douleur je suis la cause ;
Qu'il me pardonne son tourment!
Ah! j'ai perdu mon Amant & la Rose,
J'ai tout perdu, j'ai perdu mon Amant.

Hélas! que faire au monde?
Dans ma douleur profonde
Je détefte le jour,
Je hais jufqu'à l'amour!
Lui feul il eft la caufe
De mon affreux tourment.

J'ai tout perdu, mon Amant & la Rofe,
J'ai tout perdu, j'ai perdu mon Amant.

Sur ce cruel rivage,
Je vois par-tout l'outrage;
Colin trouve la mort;
Ah! vivre eft un effort
Qui paffe mon courage.

Sur ce rivage,
Sur ce cruel rivage,
Oui, Colin, je partage
Ton fort.

Elle monte avec précipitation fur le tertre qui domine la riviere, & eft prête à s'élancer à l'inftant où Colin paroît au fommet des montagnes qui terminent le fond du Théâtre.

SCENE III.

CÉCILE, COLIN.

COLIN, *du haut de la montagne appercevant Cécile prête à fe précipiter.*

CÉCILE, ô Ciel!

CÉCILE.

C'eft Colin!.... je me meurs.

Elle tombe évanouie.

(*Pendant la ritournelle du duo, Colin descend précipitamment la montagne, passe la riviere dans une barque, & se trouve aux genoux de Cécile quand le duo commence.*

DUO.

COLIN.

Reconnois ton Amant fidele,
Cécile, il vient sécher tes pleurs.

CÉCILE.

Est-ce toi, mon Amant fidele ?
Quels sons suspendent mes douleurs?

COLIN.

Quel bonheur sera donc le nôtre?

CÉCILE.

A jamais vivons l'un pour l'autre;
Colin, j'allois mourir pour toi.

COLIN.

Quoi, tu voulois mourir pour moi ?

CÉCILE.

Pour toi que j'aime!

COLIN.

Mon bien suprême.

ENSEMBLE.

COLIN.	CÉCILE.
Celui qui t'aime Vivra toujours pour toi.	Celui que j'aime Va donc vivre pour moi.

COLIN.

Ah ! Cécile ....

CÉCILE.

Ah méchant ! dans quelle horrible gêne !....
(*s'attendriſſant.*)
J'en pleure encor.

COLIN.

Ah Dieu !

CÉCILE.

Va, ce n'eſt plus de peine.

(*Eſſuyant ſes yeux.*)
Mais dis-moi donc.

COLIN.

Connois tout mon bonheur,
J'amene en ces lieux Monſeigneur.

CÉCILE, *tranſportée.*

Monſeigneur !

COLIN.

Oui, pour te rendre la Roſe,
Il revient tout exprès, il arrive en ces lieux....

CÉCILE.

Ah Dieux !

COLIN.

Si tu ſavois comme il eſt généreux !

CÉCILE.

Le bon Seigneur !

COLIN.

Tantôt, quand hors d'haleine,
J'ai couru lui conter ma peine,

Les crimes du Bailli, nos malheurs à tous deux,
Avec tant d'intérêt, il paroissoit m'entendre !
Il avoit les larmes aux yeux;....

CÉCILE.

Ah ! je ne croyois pas qu'un Seigneur fût si tendre !

COLIN.

Il faut que Monseigneur soit lui-même amoureux.

DUO.

COLIN.

Après l'orage,
Un jour bien doux
S'offre à nous
Sans nuage.

CÉCILE.

Après l'orage
Quel doux présage,
Que de beaux jours
Pour nos amours !

COLIN.

La tendre tourterelle,
Que poursuit l'épervier,
S'enfuit à tire-d'aîle
Dans le sein du ramier
Amoureux & fidèle.

CÉCILE.

Ainsi banissant son effroi,
L'amoureuse Cécile
Devient tranquille
Auprès de toi.

ENSEMBLE.

Après l'orage
Un jour bien doux
S'offre à nous
Sans nuage.

Après l'orage
Quel doux préfage,
Que de beaux jours
Pour nos amours.

CÉCILE.

Ah! Colin, comme la nature
S'embellit quand on eft heureux!

COLIN.

Mais pour goûter les biens qu'elle procure,
Cécile, il faut être amoureux.

CÉCILE.

N'entends-tu pas comme fous la verdure
Le frais zéphir plus doucement murmure?

COLIN.

Ah! quel air pur!

CÉCILE.

Quelle fraîcheur!

COLIN.	CÉCILE.
Oüi, Cécile, dans la nature	Oui, le calme de la nature
Tout partage notre bonheur.	A paffé dans mon cœur.

ENSEMBLE.

Après l'orage
Un jour bien doux
S'offre à nous
Sans nuage.

Après l'orage
Quel doux préfage ,
Que de beaux jours
Pour nos amours.

CÉCILE.

Mais, Colin, Monfeigneur ne vient pas … qui l'arrête ?

COLIN, *regardant fi perfonne n'arrive.*

Il viendra, te verra, commandera la Fête.

CÉCILE.

Mon cher Colin, depuis que je te voi,
La Rofe eft chere encore pour moi.

COLIN.

Bientôt elle ornera ta tête.

(On entend la fymphonie qui annonce les Habitans
& la Fête de la Rofe.)

CÉCILE.

Qu'entends-je ?

COLIN.

Jufte Ciel ?

CÉCILE.

Colin, l'on vient ici ;
Pour la Fête, tout fe difpofe.

SCENE IV.

COLIN, CÉCILE, LE BAILLI.

(Les garçons portent des branches d'arbres pour construire le dais de feuillage, sous lequel on doit couronner la Rosiere, & les filles portent chacune un arc de fleurs. Ils arrivent en foule par la droite du Théâtre, avec le reste du Village : les trois Juges Vieillards ensemble ; les filles suivant les Vieillards. Le Bailli entre précédé de Nina & de Lucile, habillées comme les Prétendantes à la Rose, & d'un Hocqueton portant un large drapeau blanc déployé.)

CÉCILE, *à Colin avec le ton de désespoir.*

C'en est fait, j'ai perdu la Rose.

LE BAILLI, *avec l'air triomphant.*

Oui, oui, vous la perdez.

SCENE V.

LE SEIGNEUR.

(Le Seigneur entre par la gauche du fond du Théâtre, tenant le bon homme Herpin par la main. Il est suivi d'une suite nombreuse qui occupe en demi cercle le fond du Théâtre du côté de la Reine, comme les Habitans occupent le fond du côté du Roi.)

LE SEIGNEUR, *au Bailli.*

Vous vous trompez, Bailli.

CHŒUR.

CÉCILE.	COLIN.	LE BAILLI, *(avec Nina & Lucile, placées au coin du théâtre, à droite.*
Bonheur suprême, C'est Monseigneur; Oui, c'est lui-même: Ah! quel bonheur.	Bonheur suprême, C'est Monseigneur; Oui, c'est lui-même Ah! quel bonheur.	Oh! trouble extrême! C'est Monseigneur! Oui, c'est lui-même, J'enrage de bon cœur.

ENSEMBLE.   ENSEMBLE.

CÉCILE (ENSEMBLE)	COLIN (ENSEMBLE)	LE BAILLI

Calmez la peine extrême
Qui déchire mon cœur,
Rendez-moi ce que j'aime
Et la Rose & l'honneur.
  (A Herpin.)
Vous, mon père, vous-mê-
    me,
Ah! priez-le avec nous.
  (Au Seigneur.)
Je tombe à vos genoux.
	Calmez la peine extrême
	Qui déchire mon cœur,
	Rendez-lui ce qu'elle aime,
	Et la Rose & l'honneur.
	  (A Herpin.)
	Vous, mon père, vous-mê-
	    me,
	Ah! priez-le avec nous.
	  (Au Seigneur.)
	Je tombe à vos genoux.
		(A part aux petites filles.)
		Annette & vous, Lucile,
		Comptez sur moi.
		  (A part à chacune.)
		Oui, la Rose est à toi.
		Oui, la Rose est à toi.
		Mais accusez Cécile.
		  (Les petites filles.)
		Oh! devant Monseigneur;
		Oh! non, non, j'ai trop
		    peur,
		Et j'aime trop Cécile.

LE SEIGNEUR.   HERPIN.   LE CHŒUR.

LE SEIGNEUR.	HERPIN.	LE CHŒUR.

Oui, c'est moi-même,
Moi qui vous aime,
Et viens sécher vos pleurs,
Appaisez vos douleurs.
	Oui, c'est lui-même,
	C'est Monseigneur,
	Lui qui nous aime,
	Lui qui nous rend l'hon-
	    neur.
	  (A Cécile.)
	Pour le prier moi-même,
	Oui, je me joins à vous,
	Je tombe à ses genoux.
		Ah! quel bonheur!
		C'est Monseigneur.
		
		Le bon Seigneur.

(A Colin, Cécile, Herpin.)
  Levez-vous.
  Au Bailli.)
  Taisez-vous.		

CÉCILE & COLIN, *(aux genoux du Seigneur.)*

Monseigneur !

LE BAILLI, *étourdi.*

Monseigneur.

LE SEIGNEUR, *à Cécile & à Colin.*

Levez-vous, je l'ordonne.

(*à Cécile, la relevant par la main.*)

On vous ôte la Rose, & moi je vous la donne.

LES VIEILLARDS, *avec empressement.*

Monseigneur, permettez .....

LE SEIGNEUR, *les interrompant.*

Je respecte vos loix ;
Vieillards, je ne viens point pour usurper vos droits ;
Je sais qu'en donnant la couronne,
Je dois toujours confirmer votre choix.

(*En montrant Cécile.*)

Mais je veux qu'à vous-même, elle doive la Rose ;
Je ne la juge point ; je viens plaider sa cause.

CHŒUR.

LE SEIGNEUR , *présente Cécile aux Vieillards.*

Que lui reprocher en ce jour?
On peut aimer & rester sage ;
Quel est son crime? c'est l'amour:
Il doit trouver grace au village.

(*Le Chœur reprend.*)

(*Aux Vieillards.*)

Oubliez que vous êtes vieux ;
Rappellez-vous votre jeuneſſe ;
Et que chacun ſente ſes yeux
Mouillés des pleurs délicieux
Au ſouvenir de ſa Maitreſſe.

LE CHŒUR.

Que lui reprocher en ce jour ?
On peut aimer & reſter ſage ;
Quel eſt ſon crime ? c'eſt l'amour :
Il doit trouver grace au Village.

HERPIN.

Oui, nous fumes tous amoureux,
Et quoiqué vieux,
Sentons de même,
Que quand on aime
On en vaut mieux.

LE CHŒUR.

Que lui reprocher en ce jour ?
On peut aimer & être ſage ;
Quel eſt ſon crime ? c'eſt l'amour :
Il doit trouver grace au Village.

(*au Bailli.*)

Vous, Bailli, (le pardon tient à la vérité,)
Je la connois, gardez-vous de la taire.

*Ici le Bailli veut déployer ſon Procés-verbal ; le Sei-
gneur s'avance vers lui, & hauſſe la voix en diſant
les vers ſuivans ; le Bailli épouvanté replie ſon papier,
& le remet dans ſa poche.*)

Rougiſſez de l'abus de votre autorité ;
Rougiſſez du chagrin d'un père,
Des pleurs d'une fille ſi chère,

Et de qui la sagesse égale la beauté ;
Démentez le forfait qui lui fut imputé,
Votre trame odieuse, & ce plan concerté,
Ou bien redoutez ma colère.

LE BAILLI, *confondu.*

Il est vrai, Monseigneur, mais .... croyez-moi ....

LE SEIGNEUR.

Silence.

CÉCILE & COLIN.

De grace, Monseigneur, oubliez son offense.

HERPIN.

Oui, Monseigneur, en de si doux momens ;
Que tout le monde soit fortuné.

LE SEIGNEUR.

J'y consens,
Ici se borne ma vengeance.

(*Faisant signe de rester au Bailli qui veut sortir
pour cacher sa honte.*

Non .... le bonheur de l'innocence,
Est le supplice des méchans ;

(*regardant le Bailli.*)

Vous en serez témoin .... que la Fête commence.

HERPIN.

Ah ! faire des heureux, est un plaisir bien doux !

LE SEIGNEUR.

Herpin , que ce bonheur soit commun entre nous ;

(*En montrant Cécile.*)

Pour prix de sa sagesse , on lui donne une Rose,
    Il faut y réunir encor quelque chose ,
Moi, j'y joins une dot.

HERPIN , *unissant Cécile & Colin.*

Moi, j'y joins un époux.

(*Marche jouée par l'Orcheſtre.*)

(*Quand le Seigneur a conduit la Roſiere., & l'a placée à côté de lui ſur le trône , les Figurans qui formoient le berceau, ſe retirent alternativement & par paire , de droite & de gauche. Ils diſpoſent les arcs de fleurs en demi cercle au fond du Théâtre, de ſorte que tout cet enfoncement ne préſente qu'une ſuite de portiques de fleurs, dont le trône & le dais occupent le centre.*)

On danſe.

RONDE

Pendant laquelle on danse.

LE SEIGNEUR.

Le Refrain en chœur.

NINA.

NINA.

De ce que dit là Monſeigneur,
Je ſüis un exemple moi-même ;
Autrefois j'avois de l'humeur,
Je n'en ai plus depuis que j'aime.
Il n'eſt qu'un mal, il n'eſt qu'un bien,   } *bis.*
C'eſt d'aimer ou de n'aimer rien.

LUCILE.

Monſeigneur dit la vérité,
Je le ſens auſſi par moi-même ;
Je me parois par vanité,
Aujourd'hui c'eſt pour ce que j'aime.
Il n'eſt qu'un mal, il n'eſt qu'un bien,   } *bis.*
C'eſt d'aimer ou de n'aimer rien.

HERPIN.

Quand on verroit fuir en un jour
Ce plaiſir que l'on dit frivole,
Il nous faudroit chérir l'amour
Pour les maux dont il nous conſole.
Il n'eſt qu'un mal, il n'eſt qu'un bien,   } *bis.*
C'eſt d'aimer ou de n'aimer rien.

CÉCILE.

Oui, mon cœur me le dit tout bas,
La vertu naît de la tendreſſe.

COLIN.

Quelle vertu ne donne pas
L'eſpoir de plaire à ſa maîtreſſe.

ENSEMBLE.

Il n'eſt qu'un mal, il n'eſt qu'un bien,   } *bis.*
C'eſt d'aimer ou de n'aimer rien.

E

(*) (*Pendant la Ritournelle suivante , les garçons du Village , vont disposer leurs branches de feuillages vers le fond du Théâtre , pour prétexter une cause naturelle au changement de décoration qui doit avoir lieu après le Coryphée du Seigneur. Vers la fin du Chœur , les filles qui ont suivi les garçons au fond du Théâtre avec leurs arcs de fleurs , reviennent avec eux & avec ces arcs , dont un garçon & une fille portent un bout alternativement. Ils forment un berceau qui occupe le milieu du Théâtre , au fond duquel paroît soudain un trône & un dais de feuillages , & sous lequel passe le Seigneur donnant la main à la Rosière pour la conduire à son couronnement. Cette cérémonie se fait au bruit de la marche jouée par la symphonie.*)

CHŒUR GÉNÉRAL.

Chantons, célébrons ce beau jour,
Où l'on voit l'Hymen & le tendre Amour
Réunis entr'eux,
D'accord tous les deux,
Pour rendre les Amans heureux.

CÉCILE (*à son pere.*)

Quel bonheur est le nôtre !
Il vous sera commun.

COLIN (*à Herpin.*)

Pour ajouter au vôtre
Nous serons deux pour un.

(*) *N. B.* Ce Paragraphe doit être placé page 60 , avant le Chœur, dont le Seigneur est Coryphée.

CÉCILE, (*regardant son Père & le Seigneur tour-à-tour.*)

Nous disputant sans cesse
Qui mieux vous aimera,

COLIN, (*de même.*)

Ce combat de tendresse
Jamais ne finira.

COLIN & CÉCILE, *se regardant.*

L'Amour plaide la cause
Que je gagne en ce jour;
La Fête de la Rose
Est celle de l'Amour.

CHŒUR GÉNÉRAL.

L'Amour plaide leur cause
Et la gagne en ce jour;
La Fête de la Rose
Est celle de l'Amour.

FIN.

───────────────────────────

APPROBATION.

J'AI lu, par ordre de Monseigneur le Chancelier, *la Rosiere de Salenci*, *Pastorale*, & je crois qu'on peut en permettre l'impression. A Paris, ce 26 Avril 1774.

Signé, MARIN.

───────────────────────────

De l'Imprimerie de CHARDON, rue Galande. 1774.

www.ingramcontent.com/pod-product-compliance
Ingram Content Group UK Ltd.
Pitfield, Milton Keynes, MK11 3LW, UK
UKHW020928120726
13693UKWH00003B/1204